LE CONVOYEUR

TOME 1

NYMPHE

SCÉNARIO
TRISTAN ROULOT

DESSIN & COULEURS
DIMITRI ARMAND

LE LOMBARD
BRUXELLES

Un gros merci par avance aux lecteurs qui tenteront l'aventure du *Convoyeur*, j'espère que cet album va vous plaire et que vous vous jetterez sur les suivants :)

Merci à Tristan de me faire confiance pour donner corps à l'univers du *Convoyeur*.

Un gros remerciement à tous les lecteurs et les proches qui me suivent et me soutiennent depuis quelques années maintenant.

Un remerciement tout spécial à Lucille pour sa présence, sa patience et son écoute, les échanges pertinents sur le bouquin tout au long de la réalisation, même si ça me faisait refaire des cases, et pour l'éclairage dans les gros moments de doute. Sans elle, *Le Convoyeur* n'aurait pas été dans vos mains pour vous accompagner à la plage cet été.

DIMITRI

Merci à Gauthier pour la carte blanche et les échanges toujours pertinents, ainsi qu'au grand alchimiste Dimitri pour avoir su transformer mes horribles idées en de si belles images.

T.R.

Direction artistique :
Éric Laurin

Conception graphique :
Dimitri Armand
Rébekah Paulovich

Certifié PEFC
Ce produit est issu de forêts gérées durablement et de sources recyclées et contrôlées.
PEFC 10-31-1800
pefc-france.org

Première édition

D/2020/0086/155
ISBN 978-2-8036-7575-3

Dépôt légal : mai 2020
Achevé d'imprimer en avril 2020.
Imprimé et relié en France par PPO GRAPHIC,
Rue de la Croix Martre 10, 91120 Palaiseau.

LES ÉDITIONS DU LOMBARD
7, AVENUE PAUL-HENRI SPAAK
1060 BRUXELLES - BELGIQUE

NE TRAÎNE PAS EN ROUTE, D'ACCORD ?
TU TIENDRAS TA PROMESSE, CONVOYEUR ?
MA PAROLE EST MA LOI.

J'ÉTAIS ENFANT QUAND LA ROUILLE A FRAPPÉ.
LA LÉGENDE VEUT QU'ELLE SOIT VENUE DU NOYAU DE LA TERRE, LÀ OÙ IL Y A DU FER À PROFUSION. L'IRRUPTION D'UN VOLCAN EN YLAND OU QUELQUE CHOSE COMME ÇA.
ÇA POURRAIT AUSSI BIEN ÊTRE TOUT AUTRE CHOSE, POUR CE QUE J'EN SAIS.
LA CONTAGION A PRIS TOUT LE MONDE DE COURT. ILS AVAIENT IMAGINÉ DES PROTOCOLES EN CAS DE PANDÉMIE HUMAINE, MAIS PERSONNE N'AVAIT RIEN PRÉVU CONTRE UNE BACTÉRIE QUI S'ATTAQUAIT AU MÉTAL.
LE FER ÉTAIT PARTOUT. DANS L'ACIER DE NOS PONTS, DANS LE MOTEUR DE NOS VOITURES, DANS NOS CHAUDIÈRES, NOS ORDINATEURS, NOS USINES, NOS OUTILS. LA VIE À LAQUELLE NOUS ÉTIONS HABITUÉS S'EST ARRÊTÉE DU JOUR AU LENDEMAIN.
ON L'A APPELÉE LA ROUILLE À CAUSE DE LA COULEUR, ET PARCE QU'ON PENSAIT QU'ELLE DÉVORAIT LE FER. EN FAIT, ELLE CHANGE SES PROPRIÉTÉS. ELLE LE REND FRIABLE COMME DU VIEUX PAPIER, ET À PEU PRÈS AUSSI FRAGILE.
BIENTÔT LES CLOUS, LES VIS, LES ARMATURES DANS LE BÉTON ARMÉ... TOUT CE QUI TENAIT NOTRE CIVILISATION DEBOUT A FINI PAR LÂCHER PETIT À PETIT. FIN DE L'ÂGE DE FER, RETOUR À L'ÂGE DE BRONZE.

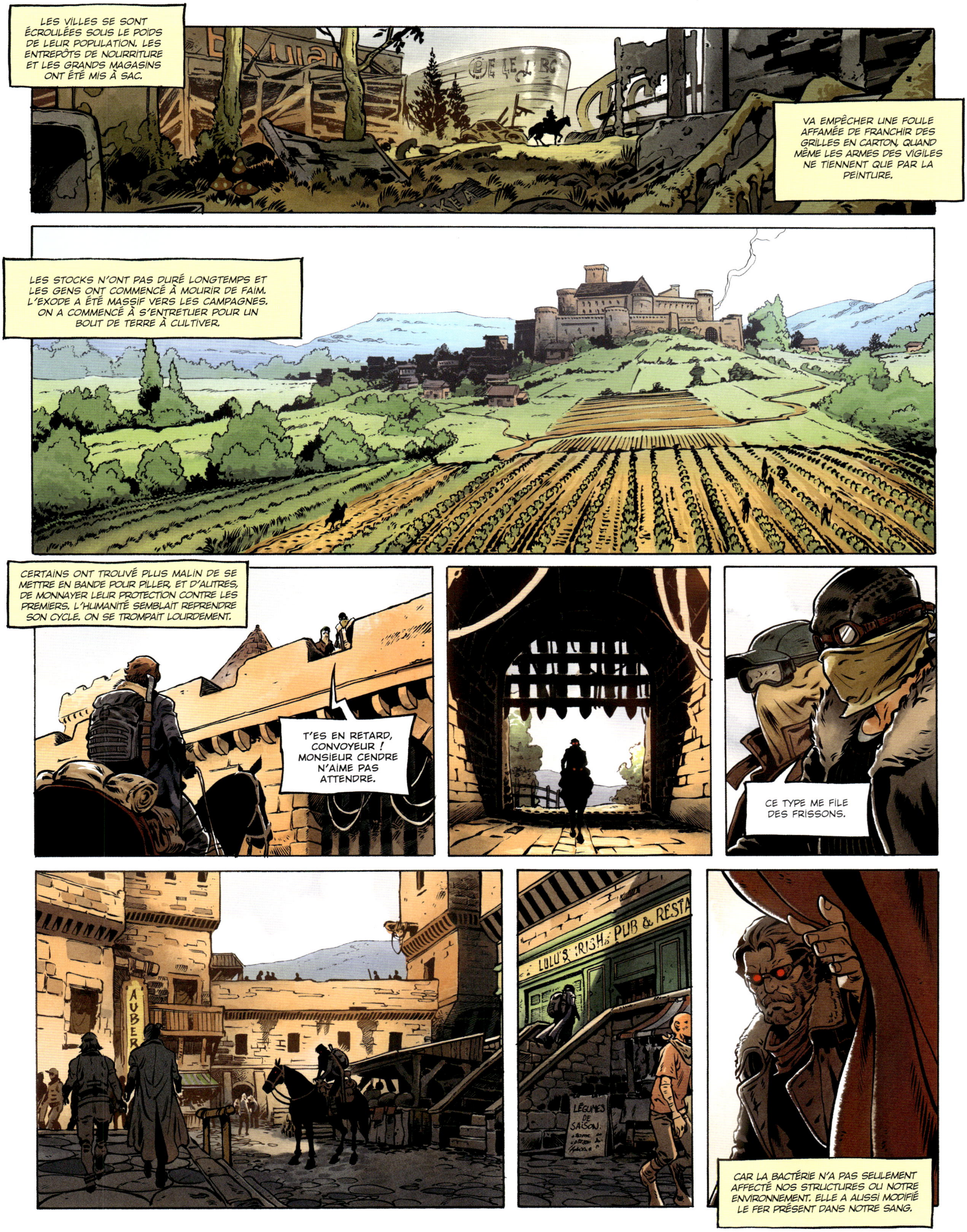
LES VILLES SE SONT ÉCROULÉES SOUS LE POIDS DE LEUR POPULATION. LES ENTREPÔTS DE NOURRITURE ET LES GRANDS MAGASINS ONT ÉTÉ MIS À SAC.
VA EMPÊCHER UNE FOULE AFFAMÉE DE FRANCHIR DES GRILLES EN CARTON, QUAND MÊME LES ARMES DES VIGILES NE TIENNENT QUE PAR LA PEINTURE.
LES STOCKS N'ONT PAS DURÉ LONGTEMPS ET LES GENS ONT COMMENCÉ À MOURIR DE FAIM. L'EXODE A ÉTÉ MASSIF VERS LES CAMPAGNES. ON A COMMENCÉ À S'ENTRETUER POUR UN BOUT DE TERRE À CULTIVER.
CERTAINS ONT TROUVÉ PLUS MALIN DE SE METTRE EN BANDE POUR PILLER, ET D'AUTRES, DE MONNAYER LEUR PROTECTION CONTRE LES PREMIERS. L'HUMANITÉ SEMBLAIT REPRENDRE SON CYCLE. ON SE TROMPAIT LOURDEMENT.
T'ES EN RETARD, CONVOYEUR ! MONSIEUR CENDRE N'AIME PAS ATTENDRE.
CE TYPE ME FILE DES FRISSONS.
AUBER
LULU'S IRISH PUB & RESTA
LÉGUMES DE SAISON.
CAR LA BACTÉRIE N'A PAS SEULEMENT AFFECTÉ NOS STRUCTURES OU NOTRE ENVIRONNEMENT. ELLE A AUSSI MODIFIÉ LE FER PRÉSENT DANS NOTRE SANG.

... ET ÇA A TOUT CHANGÉ.
TU VOYAGES LÉGER, CONVOYEUR. TU M'AS RAMENÉ CE QUE JE T'AVAIS DEMANDÉ ?
IL Y A EU UN PROBLÈME, CENDRE.
RIEN QUI CONCERNE NOTRE AFFAIRE, J'ESPÈRE ? TON CODE D'HONNEUR, CONVOYEUR ! TOUJOURS LIVRER LE COLIS, C'EST BIEN CE QUE TU ME DISAIS ?
IL Y A EU UN PROBLÈME.
J'SUIS PAS SOURD, J'AVAIS ENTENDU LA PREMIÈRE FOIS.
ET TU VAS ME RACONTER QUEL EST CE PROBLÈME, PAS VRAI ?

C'ÉTAIT SUR LA ROUTE DE CAORS.
EH ! L'AMI !
TU VIENS DE TULUS, PAS VRAI ? QUELLES SONT LES NOUVELLES LÀ-BAS ?
ÉCARTE-TOI. JE NE CHERCHE PAS D'AMI ET JE N'AIME PAS LES HISTOIRES.
C'EST TRISTE DE PENSER COMME ÇA, ON A TOUJOURS BESOIN D'UN COMPAGNON !
ULIEL POUR VOUS SERVIR, MONSEIGNEUR !
NE M'APPROCHE P...

DZIIIINNG ! ÇA MARCHE À CHAQUE FOIS !!!
ON DIRAIT BIEN QU'IL EST AUX FRAISES.
LE PAUVRE, IL VOIT DOUBLE, HÉHÉ !
ON NE LE TUE PAS ALORS ?
PAS CE COUP-CI, CAMBIO. ON PREND LE CHARGEMENT ET C'EST TOUT !
ÇA M'ARRANGE, FRÉROT. JE N'AIME PAS TROP QUAND ON LES TUE.
FOUTAISES ! IL N'Y A QUE TOI ET MOI QUI CONNAISSIONS TA MISSION ! TU AS VENDU MON PAQUET, ET TU ESSAIES DE ME FAIRE GOBER UNE HISTOIRE À DORMIR DEBOUT !!!

JE NE MENS JAMAIS.
GARDE TA MORGUE POUR CEUX QUE ÇA IMPRESSIONNE. ET MÊME SI TU DISAIS VRAI, QU'EST-CE QUE ÇA CHANGE POUR MOI ? COMMENT TU VAS ME REMBOURSER ?!
J'AI SEULEMENT BESOIN D'UN DÉLAI, TU DOIS ME FAIRE CONFIANCE.
VOUS L'ENTENDEZ CELLE-LÀ, LES GARS ? UN PETIT DÉLAI ! ELLE EST BONNE !
JE T'AVAIS DÉJÀ DONNÉ MA CONFIANCE, ET TU L'AS TRAHIE ! SAIS-TU COMBIEN VALAIT CE PAQUET ? BIEN PLUS QUE TA PROPRE VIE !
FINI LES GRANDS AIRS, T'ES À MOI MAINTENANT ! TU VAS M'OBÉIR AU DOIGT ET À L'ŒIL COMME UN GENTIL TOUTOU, SI TU VEUX PAS QUE JE TE RÉDUISE EN MIETTES !
CHEF, ON A TOUJOURS NOTRE PETIT CADEAU POUR LE DUC D'ARCASSO... ON POURRAIT ENVOYER LE CONVOYEUR LUI PORTER, VOUS EN DITES QUOI ?
JE VAIS TE DONNER UNE CHANCE, CONVOYEUR. UNE DERNIÈRE CHANCE !

JE VEUX QUE TU RAPPORTES AU DUC D'ARCASSO LA TÊTE DE SON FILS. APRÈS QUOI, TU LUI DIRAS PRÉCISÉMENT CES MOTS...
... "QUAND MONSIEUR CENDRE DEMANDE UNE RANÇON, ON ÉCOUTE, ET ON PAIE." C'EST CLAIR DANS TA PETITE TÊTE, CONVOYEUR ?
JE COMPRENDS SURTOUT QUE LE PORTEUR DE CE PAQUET SE FERA EXÉCUTER SUR-LE-CHAMP. TU NE VEUX PAS SACRIFIER L'UN DE TES HOMMES, ET PERSONNE N'ACCEPTERAIT CETTE MISSION, MÊME POUR UNE BELLE SOMME, PAS VRAI ?
PARCE QUE TU CROIS QUE TU AS LE CHOIX ? SI TU REFUSES, TU MEURS ICI ET MAINTENANT. AVEC UN PEU DE CHANCE, LE DUC SE MONTRERA PLUS CLÉMENT QUE MOI, QUI SAIT ?
ALORS C'ÉTAIT JUSTE ÇA. TOUTE CETTE MASCARADE POUR M'OBLIGER À EXÉCUTER UNE DE TES SALES BESOGNES ?
QU'EST-CE QUE TU VEUX DIRE ?!
TOUT À L'HEURE, JE N'AVAIS PAS TOUT À FAIT TERMINÉ MON HISTOIRE...
... QUAND JE SUIS REVENU À MOI, JE ME SUIS MIS EN CHASSE DE CES DEUX VOLEURS, ULIEL ET CAMBIO.
SNIF
SNIF
MAIS JE SUPPOSE QUE TU CONNAIS LEUR NOM.

MA MONTURE ET MOI PARTAGEONS UNE CERTAINE CONNEXION. LES JUMEAUX ONT EU UNE JOLIE SURPRISE QUAND J'AI DÉBARQUÉ DANS LEUR REPAIRE.
TOI ?!
OÙ EST TON FRÈRE ? PAR ICI, JE SUPPOSE...
J'AI RAMASSÉ CE RÉTROVISEUR SUR LA ROUTE.
AAAAH-HRG... J'AI PRIS L'ONDE DE CHOC EN PLEINE POIRE !!
VOTRE ÉCHO DE LUMIÈRE NOIRE EST UNE MUTATION SURPRENANTE, MAIS ÇA NE MARCHE QU'UNE FOIS. C'EST LE PAQUET QUE JE DEVAIS CONVOYER ?
CAMBIO... JE NE VOIS PLUS RIEN ! IL EST OÙ ?
DU SUCRE ?! POUR QUELLE RAISON CENDRE M'A CHARGÉ DE LUI LIVRER UN SAC DE BONBONS SANS VALEUR ?
TOUT CE QU'ON SAIT, C'EST QU'IL NE TOLÈRE PAS L'ÉCHEC. TU VAS MOURIR, CONVOYEUR, ET NOUS LUI DIRONS QUE NOUS NE T'AVONS JAMAIS CROISÉ.

VOUS AVEZ DÉJÀ EU VOTRE CHANCE, LES ENFANTS.
?
?
STOP ! QU'EST-CE QUE TU...
AAAAAAAAAAAHHHHHHHHH !
M'OBLIGER À AVOIR UNE DETTE ENVERS TOI, POUR ENSUITE M'IMPOSER TA MISSION SUICIDE, C'ÉTAIT UNE IDÉE STUPIDE.

CONVOYEUR, ON DIT QUE T'ES IMMORTEL. MOI JE DIS QUE C'EST DU PIPEAU !!!
URG ! CRÈVE-LE !
URG, TROIS BRAS !!! TROIS FOIS PLUS FORT !!!
TROIS FOIS PLUS FORT QUE QUOI, URG ? QUE QUELQU'UN QUI N'AURAIT QU'UN BRAS ?
CHTOC !!!
AAARGH... ARRÊTE CE QUE TU FAIS À URG !!
DÉSOLÉ, MON GRAND. J'ESPÈRE IMPRESSIONNER SUFFISAMMENT TES PETITS CAMARADES POUR ÉVITER D'AUTRES MORTS INUTILES.
CENDRE, ON PEUT ENCORE S'ARRÊTER LÀ.
QUAND TU NE SERAS PLUS QU'UN PETIT TAS DE POUSSIÈRE À PLACER DANS UNE URNE, TU COMPRENDRAS POURQUOI ON M'APPELLE MONSIEUR CENDRE !

APPROCHE, MINABLE ! VIENS QUE JE TE FUME !
SCHPLORTCH
ME DIS PAS QUE TU COMPTAIS M'AVEUGLER AVEC ÇA ?
AVEC ÇA ? NON.
PAR CONTRE, LE FEU DE TON POING...
AAAAAARRRHH
MON ŒIL !!! TUEZ-LE QU'ON EN FINISSE !!!

VOTRE PAQUET, CHEF.
MON FRÈRE... JE LE SENS TOUT LE TEMPS DANS MA TÊTE... IL ME PARLE TOUT LE TEMPS ! LE CONVOYEUR A PROMIS QUE VOUS ME TUERIEZ... JE N'AI PAS EU LE COURAGE D'EN FINIR...
INCAPABLES !!!
TOUS DES INCAPABLES !!! VOUS M'ENTENDEZ !?!
LA LIVRAISON EST EFFECTUÉE, CENDRE. À TOI DE REMPLIR TA PART DU CONTRAT.
AVALE.
ÇA VA ! JE VAIS LE BOUFFER TON ŒUF. DONNE !

GLURPS
LE CONTRAT EST REMPLI. LE PRIX EST PAYÉ.
MAIS TU M'AS MAL JUGÉ.
QU'EST-CE QUE TU RACONTES ?!
J'AURAIS ACCEPTÉ TA MISSION.
LE CONVOYEUR ACCEPTE TOUJOURS TOUTES LES MISSIONS.
C'EST SA LOI.
CONVOYEUR ?
TU TE SOUVIENS DE MOI ?

LA PREMIÈRE FOIS QUE J'AI VU LE CONVOYEUR, J'ÉTAIS GAMINE. QUINZE, SEIZE ANS PEUT-ÊTRE.
SA LÉGENDE ÉTAIT DÉJÀ BIEN ÉTABLIE. IL LIVRAIT CE QUE TU LUI DEMANDAIS. N'IMPORTE QUOI, N'IMPORTE OÙ. ET EN PAIEMENT, IL TE DEMANDAIT RIEN D'AUTRE QUE D'AVALER UN DE SES ŒUFS BIZARRES.
SON CADEAU, COMME IL DISAIT. LA VIEILLE YANNIE AVAIT FAIT APPEL À LUI, ELLE L'AVAIT CHARGÉ DE PORTER LES CENDRES DE SA SŒUR JUSQU'À L'OCÉAN.
TOUT LE MONDE SE DEMANDAIT CE QUE C'ÉTAIT QUE CES ŒUFS QU'IL TE FAISAIT GOBER. DÈS QU'IL A EU LE DOS TOURNÉ, YANNIE A ESSAYÉ DE LE VOMIR.
YEURK ! HEURK !
ELLE A TOUT ESSAYÉ, RIEN N'EST SORTI.
ELLE A QUITTÉ LE VILLAGE IL Y A LONGTEMPS POUR PARTIR À L'OUEST. J'ESPÈRE QU'ELLE A VU LA MER, ELLE AUSSI.
MERCI POUR LE COUP DE MAIN À L'AUBERGE, VOUS N'AURIEZ PAS DÛ. CES HOMMES ÉTAIENT DANGEREUX.
J'AI BESOIN DE VOUS.

J'AI RAMENÉ DE L'AIDE !
LA ROUTE A ÉTÉ LONGUE, VOUS DEVEZ ÊTRE FATIGUÉS. VENEZ !
C'EST BON ?
NOURRISSANT.
C'EST VRAI QUE VOUS POUVEZ LIVRER TOUT CE QU'ON VOUS DEMANDE ?
C'EST MA MISSION.

ALORS VOUS DEVEZ RAMENER NOS HOMMES !
OÙ ET COMBIEN SONT-ILS ?
VINGT-SEPT. NOS MARIS, NOS PÈRES, NOS FRÈRES... ILS EXPLOITAIENT... UNE CARRIÈRE AU SUD DU VILLAGE. UN JOUR, ILS NE SONT PAS REVENUS.
ON ÉTAIT PARTIES LES CHERCHER, MAIS...
... ON S'EST FAIT ATTAQUER PAR LES FONGES.
AMÉLIA EST MORTE.
POUR CHAQUE HOMME QUE JE RAMÈNERAI, L'UNE D'ENTRE VOUS DEVRA AVALER L'ŒUF QUE JE LUI OFFRIRAI.
ON CONNAÎT TA RÈGLE, CONVOYEUR. ET ON SAIT QU'ON PEUT TE FAIRE CONFIANCE.
ALORS PRENEZ UN PAPIER.
CELLES QUI LE SOUHAITENT PEUVENT NOTER LEUR NOM ET CELUI DE LEUR HOMME. CELA SCELLERA NOTRE ACCORD.
VITE ! L'ÉGLISE ARRIVE PAR LA PORTE NORD ! ILS SERONT LÀ BIENTÔT !
CACHEZ LA PETITE ! CHACUNE À SON POSTE !

BOM! BOM! BOM! BOM! BOM!
BOM!! BOM! BOM!
BOM!! BOM! BOM! BOM
BONJOUR LÀ-HAUT ! VOUDRIEZ-VOUS BIEN NOUS OUVRIR VOS PORTES ?

ON SAIT CE QUE VOUS VENEZ FAIRE. PARTEZ ! IL N'Y A RIEN POUR VOUS DANS CE VILLAGE !
AH ! C'EST TOUJOURS PAREIL ! LES CHOSES NE PEUVENT JAMAIS SE PASSER SIMPLEMENT.
SECTION !
COMME VOUS POUVEZ LE CONSTATER, LA SECTION DES INCINÉRATEURS DE NOTRE BON PÈRE ABBÉ JACQUES, ICI PRÉSENT, EST ÉQUIPÉE POUR FAIRE FACE AUX MAUVAISES VOLONTÉS.
DERNIER AVERTISSEMENT ! TOURNEZ LES TALONS OU ON VOUS CRIBLE DE FLÈCHES !
ET ILS ONT DES BOUCLIERS ! ET DES LANCE-FLAMMES ! VOUS AVEZ UNE TRÈS JOLIE PALISSADE MAIS ELLE PASSERA AU FEU. ET VOUS AVEC, PAR LA MÊME OCCASION. JE SUIS UN HOMME DE DIALOGUE, MAIS MA PATIENCE A SES LIMITES.
IL A RAISON, DOYENNE...
JE SAIS.
LAISSEZ-LES ENTRER. ET QUE DIEU NOUS PROTÈGE.
CLAC
BIEN !

DU CŒUR, MES FRÈRES ! FOUILLEZ PARTOUT ! FAITES SORTIR LES PETITS RATS DE LEUR TERRIER ! TROUVEZ LES ENFANTS !
POUSSEZ LES ARMOIRES, SOULEVEZ LES TAPIS ! CES BRAVES GENS NOUS ONT VUS VENIR D'ASSEZ LOIN POUR PLANQUER LEUR MARMAILLE.
BELLE CLOCHE ! ELLE EST NEUVE OU JE ME TROMPE ? DANS TOUS LES VILLAGES OÙ NOUS SOMMES PASSÉS, C'EST LA PREMIÈRE CHOSE QU'ILS ONT REFONDUE POUR AVOIR UN PEU DE MÉTAL.
NOUS SUIVONS LA VOLONTÉ DU SEIGNEUR TOUT COMME VOUS. ALORS POURQUOI CES FAÇONS ?! CELA FAIT DES ANNÉES QU'AUCUN ENFANT N'EST NÉ DANS LA RÉGION.
AH ! BRAVE FEMME ! VOTRE VOIX SEMBLE SI HONNÊTE, ET VOTRE REGARD, ENTRE LA RAGE ET LA SOUMISSION... C'EST SPLENDIDE ! IL NE MANQUERAIT PLUS QUE VOUS DISIEZ LA VÉRITÉ.
PARCE QUE L'HOMME, VOYEZ-VOUS... L'HOMME NE SAIT QUE MENTIR. ET LA FEMME ENCORE PLUS. J'AIMERAIS VOUS CROIRE, MAIS TOUT LE MONDE ME MENT TOUJOURS.
ON A TROUVÉ UNE GAMINE ICI ! SIX ANS PEUT-ÊTRE.
LED ZEPPELIN

VOUS VOYEZ CE QUE JE VOUS DISAIS. À QUI EST CETTE ENFANT ?
ALICE EST À MOI.
HMM... NON. VOUS ÊTES TROP VIEILLE POUR ÊTRE SA MÈRE.
REGROUPEZ-MOI LES FEMMES, ET AMENEZ LE RENIFLEUR.
ALLEZ, TRAQUE-GÈNE, MON BEAU RENIFLEUR ! TROUVE LA MÈRE !
BAS LES PATTES, CRÉATURE !!!
LAISSEZ-LE FAIRE. OU NOUS AVONS D'AUTRES MÉTHODES PLUS INTRUSIVES, SI VOUS LE SOUHAITEZ.
SNIF SNIF
C'EST ELLE, VOTRE GRÂCE.
OUI... TU ES BIEN LA GÉNITRICE, ÇA NE FAIT PAS DE DOUTE. COMMENT T'APPELLES-TU, MON ENFANT ?
ANA, ET ALICE EST MA FILLE.
OÙ EST TON MARI ? QUI EST LE PÈRE DE LA PETITE ALICE ?

JE RÉPÈTE : OÙ EST LE PÈRE !? OÙ EST LE MARI ?
LE MARI S'APPELLE LOUIS. ET IL N'EST PAS LÀ.
ON A FOUILLÉ TOUTES LES MAISONS, VOTRE GRÂCE ! IL N'Y A PLUS D'HOMMES DANS CE VILLAGE.
JE VEUX UNE RÉPONSE, OU JE FAIS BRÛLER L'UNE D'ENTRE VOUS TOUTES LES MINUTES ! OÙ SONT LES HOMMES ?!
DANS LA FORÊT. ON NE LES A PAS REVUS DEPUIS PLUSIEURS SEMAINES.
CONVOYEUR ?
IL ME SEMBLE T'AVOIR CROISÉ À BORDELEAU IL Y A CINQ JOURS, ET TE VOILÀ DÉJÀ ICI ?
VOUS FAITES ERREUR, IL EST AVEC MOI DEPUIS...
VOUS ÊTES ENSEMBLE ? PARFAIT, GAGNONS DU TEMPS... **TRAQUE-GÊNE, ICI !**
CONVOYEUR, VOYEZ-VOUS UN INCONVÉNIENT À VOUS FAIRE RENIFLER L'ENTRE-JAMBE ? ON M'A DIT QUE L'EXPÉRIENCE POUVAIT ÊTRE AGRÉABLE. CELA DIT, JE N'AI JAMAIS ESSAYÉ.
TRÈS ÉTRANGE, VOTRE GRÂCE...
SNIF SNIF
... JE NE SENS PAS DE...

ALLONS, ALLONS... CALMONS-NOUS ! TRAQUE-GÈNE, MON PAUVRE RENIFLEUR, EST-CE LUI LE PÈRE ?
NON ? EH BIEN, VOILÀ UNE AFFAIRE RÉGLÉE. CE N'EST PAS LE GÉNITEUR !
MAINTENANT SI VOUS VOULEZ BIEN M'EXCUSER, JE DOIS M'ENTRETENIR AVEC LE PÈRE ABBÉ. TRAQUE-GÈNE, FAIS EN SORTE QUE PERSONNE NE NOUS DÉRANGE.
CONVOYEUR, TU ES MON INVITÉ...
... ET S'IL S'AVISE DE QUITTER LE VILLAGE, TUEZ-LE.
QUEL ÉCHEC ! TROIS MOIS SANS RÉSULTAT, À PART CE COUPLE DE CANNIBALES, QU'ON AURAIT PASSÉ AU BÛCHER IL Y A QUELQUES ANNÉES ENCORE !
LES MUTATIONS FRAGMENTENT L'HUMANITÉ. NOTRE ESPÈCE DEVIENT INCOMPATIBLE. CE N'EST PAS VOTRE FAUTE, VOTRE GRÂCE, ON FAIT AVEC CE QU'ON A.
NOUS AVONS UNE MISSION SACRÉE, JACQUES : TROUVER DES COUPLES FERTILES POUR QUE L'HOMME PROSPÈRE À NOUVEAU ! LA GAMINE SEMBLE PURE. NOUS AVONS LA MÈRE. NOUS DEVONS RETROUVER LE MARI !
DÉLICAT... C'EST BIENTÔT LA SAISON DES SPORES... ON POURRAIT ENVOYER UN DÉTACHEMENT À SA RECHERCHE ?

JE NE VEUX PAS DIVISER NOS FORCES. NOUS AVONS ENCORE LE TEMPS, ET JE SUIS SÛR QUE CES BRAVES FEMMES SAURONT METTRE À CONTRIBUTION LES VICTUAILLES QU'ELLES CACHENT DANS LEUR GRENIER AU PROFIT DE NOTRE BELLE CROISADE.
QU'EST-SSSE QUE TU VEUX, CONVOYEUR ? ET QU'EST-SSSE QUE TU ES, D'ABORD ! ? LAISSSE-MOI TE SSSENTIR À NOUVEAU, TU VEUX ?
CETTE ANA NOUS GUIDERA. ON EMBARQUERA SA FILLE AUSSI. À TERME, ELLE SERA PEUT-ÊTRE FÉCONDE COMME SA MÈRE. DÈS QUE NOUS AURONS REMIS LA MAIN SUR LE GÉNITEUR DE LA PETITE, NOUS REPRENDRONS LA ROUTE POUR REJOINDRE LE TEMPLE.
LA FORÊT EST INFESTÉE PAR LES FONGES. UN VRAI LABYRINTHE. CE N'EST PAS AVEC CE GENRE DE CARTE QUE VOUS TROUVEREZ VOTRE CHEMIN.
TU N'AS RIEN À FAIRE ICI. OÙ EST LE TRAQUE-GÈNE ?
ENCORE EN TRAIN DE FOURRER SON NEZ N'IMPORTE OÙ, J'IMAGINE. J'AI UNE PROPOSITION POUR VOUS.
RUMPFH... UUUMPF...
JE CONNAIS BIEN LA RÉGION. JE VOUS ÉVITERAI SES PIÈGES. VOS INCINÉRATEURS NOUS SERONT UTILES POUR ÉLOIGNER LES FONGES. EN CONTREPARTIE, JE VOUS DEMANDE DE ME LAISSER RAMENER LES AUTRES HOMMES DU VILLAGE.
ENTENDU. UNE SEULE CHOSE, CONVOYEUR...
DITES TOUJOURS.
JE NE SAIS PAS COMMENT VOUS AVEZ FAIT ÇA...
... MAIS VEUILLEZ LIBÉRER MON TRAQUE-GÈNE, C'EST HUMILIANT POUR TOUT LE MONDE.

CONVOYEUR ? TU VAS LES LAISSER FAIRE ? ET TON SERMENT ?!
J'AI PROMIS DE TE RAMENER TON HOMME. JE LE FERAI, NE T'INQUIÈTE PAS.
ANA...
DOYENNE... NE LES LAISSEZ PAS NOUS EMMENER...
SILENCE, PETITE SOTTE ! ILS NE DOIVENT PAS DÉCOUVRIR NOTRE SECRET ! TOUT ÇA, C'EST À CAUSE DE TOI, NE L'OUBLIE JAMAIS !
ALORS FAIS CE QU'IL FAUT, ET TANT PIS POUR TON LOUIS !
EN AVANT, MARCHE !!!
PUISSENT-ILS TOUS TROUVER LA MORT !

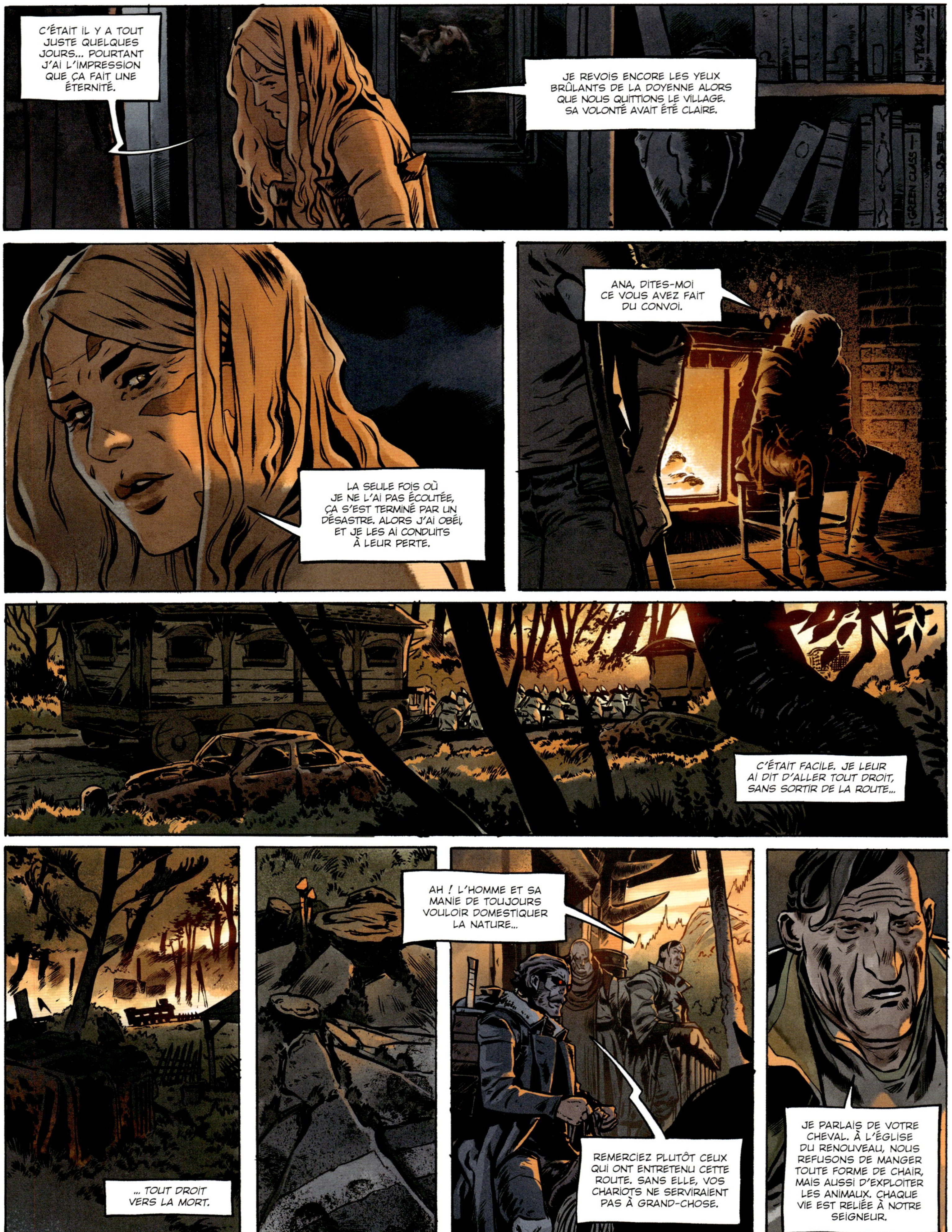
C'ÉTAIT IL Y A TOUT JUSTE QUELQUES JOURS... POURTANT J'AI L'IMPRESSION QUE ÇA FAIT UNE ÉTERNITÉ.
JE REVOIS ENCORE LES YEUX BRÛLANTS DE LA DOYENNE ALORS QUE NOUS QUITTIONS LE VILLAGE. SA VOLONTÉ AVAIT ÉTÉ CLAIRE.
LA SEULE FOIS OÙ JE NE L'AI PAS ÉCOUTÉE, ÇA S'EST TERMINÉ PAR UN DÉSASTRE. ALORS J'AI OBÉI, ET JE LES AI CONDUITS À LEUR PERTE.
ANA, DITES-MOI CE VOUS AVEZ FAIT DU CONVOI.
C'ÉTAIT FACILE. JE LEUR AI DIT D'ALLER TOUT DROIT, SANS SORTIR DE LA ROUTE...
... TOUT DROIT VERS LA MORT.
AH ! L'HOMME ET SA MANIE DE TOUJOURS VOULOIR DOMESTIQUER LA NATURE...
REMERCIEZ PLUTÔT CEUX QUI ONT ENTRETENU CETTE ROUTE. SANS ELLE, VOS CHARIOTS NE SERVIRAIENT PAS À GRAND-CHOSE.
JE PARLAIS DE VOTRE CHEVAL. À L'ÉGLISE DU RENOUVEAU, NOUS REFUSONS DE MANGER TOUTE FORME DE CHAIR, MAIS AUSSI D'EXPLOITER LES ANIMAUX. CHAQUE VIE EST RELIÉE À NOTRE SEIGNEUR.

LA PLANÈTE NOUS A RAPPELÉS À L'ORDRE UNE PREMIÈRE FOIS, POURTANT CERTAINS CONTINUENT À FAIRE LES MÊMES ERREURS.
ET DONC, VOUS PRÉFÉREZ TRAITER VOS FRÈRES HUMAINS COMME DU BÉTAIL.
ILS N'ONT D'HOMMES QU'UNE VAGUE APPARENCE. AU TEMPLE, IL N'EST PAS RARE QUE DES GÉNITEURS SAINS NOUS DONNENT DES ENFANTS MALSAINS.
NOUS LES COUPONS À LA NAISSANCE POUR ÉVITER QU'ILS PUISSENT PROPAGER LEURS GÈNES IMPURS. UNE FOIS EUNUQUES, ILS CONTINUENT NOTRE MISSION SACRÉE SOUS UNE AUTRE FORME, VOILÀ TOUT.
DE LEUR PROPRE GRÉ, J'IMAGINE. D'OÙ LES COLLIERS.
QUI PEUT LE DIRE ? NOUS SUIVONS TOUS LA VOLONTÉ DE NOTRE SEIGNEUR. MÊME VOUS, CONVOYEUR.
PAS MOI, JE PEUX VOUS LE GARANTIR.
JE N'AIME PAS CE GAILLARD-LÀ, MON PÈRE.
SI CE QU'ON DIT SUR LUI EST VRAI, IL CONNAÎT LE MONDE COMME SA POCHE. IL NOUS SERA UTILE. ET S'IL NE L'EST PLUS... NOUS SAURONS NOUS EN DÉBARRASSER.
NON, CE QUI M'INQUIÈTE, C'EST NOTRE COUPLE DE CANNIBALES. L'HOMME VA MAL. LEURS ENFANTS N'ONT PAS TENU LE COUP SANS MANGER DE VIANDE. ON NE PEUT PAS SE PERMETTRE DE PERDRE LES PARENTS.
NOUS ALLONS DEVOIR ATTENDRIR NOS RÈGLES DE CONDUITE. LAISSEZ-MOI TROUVER UNE SOLUTION...
... ANA !!! GAUCHE OU TOUT DROIT ?!
TOUT DROIT...

... TOUJOURS TOUT DROIT...
IL A L'AIR DE SOUFFRIR... QU'EST-CE QU'IL A ?
C'EST UN GUERRIER ! SA FORCE LUI VIENT DU SANG ET DE LA CHAIR ! PAS D'UN BOUILLON À L'EAU !
PFF
TU ME MONTRES TA BOUCLE D'OREILLE ? ELLE EST JOLIE.
T'INQUIÈTE, CHÉRIE, JE VAIS PAS TE MANGER.
CUIVRE ? PRÉCIEUX ! C'EST TON HOMME QUI T'A OFFERT ÇA ?
MON BEL ALEKSY...
ALEKSY ? C'EST PAS LE NOM QUE J'AI ENTENDU HIER. C'EST LUI LE PÈRE DE LA PETITE ?
NE DIS RIEN ! PROMETS-MOI DE NE RIEN LEUR DIRE !!!
ALEKSY : C'EST AUSSI CE NOM QUE TU AS MARQUÉ SUR LE PAPIER. QUI EST CE LOUIS DONT PARLAIT LA DOYENNE ? IL VA FALLOIR QUE TU T'EXPLIQUES, ANA !
HALTE ! OBSTACLE DEVANT !!!

VOTRE GRÂCE ! UN CHÊNE A POUSSÉ AU MILIEU DE LA ROUTE. IL NOUS FAUT L'ABATTRE POUR PASSER.
UN INSTANT... VOUS SENTEZ ? JE RECONNAÎTRAIS CE PARFUM ENTRE MILLE !
DU MIEL ! JE LE SAVAIS ! DESCENDEZ-MOI CETTE RUCHE !
QU'ATTENDENT-ILS POUR REPARTIR ?
TENEZ, VOTRE GRÂCE, UN COUP DE FLAMMES AURA SUFFI À ÉLOIGNER LES ABEILLES...
PARFAIT ! QUEL RÉGAL ! DONNEZ-LA-MOI !
NON ! N'Y TOUCHEZ PAS, C'EST UNE POCHE À SPORES !!!

PITIÉ... VITE ! ENLEVEZ-LES-MOI !!
PITIÉ, SEIGNEUR...
VITE ! DONNE-MOI ÇA !
VOUS AVEZ TUÉ LE LÉGAT !
SA GOURMANDISE L'A TUÉ, PAS MOI ! SI JE L'AVAIS LAISSÉ VIVRE, IL SERAIT DEVENU UN PORTEUR DE SPORES, VOUS LE SAVEZ TRÈS BIEN !
CE PIÈGE SIGNIFIE QUE NOUS SOMMES SUR LE TERRITOIRE DES FONGES. ANA NOUS A MENTI, IL FAUT REVENIR SUR NOS PAS DE TOUTE URGENCE !
MISÈRE !!! EN ARRIÈRE, TOUTE !

UN CAMP FORTIFIÉ, ICI ?! POURQUOI ?
UN CHARGEMENT DE CUIVRE... JE COMPRENDS MIEUX LA RAISON DU SECRET. VOUS AVEZ MIS LA MAIN SUR UN SACRÉ TRÉSOR !
L'AVARICE PERDRA L'HUMANITÉ. VOS CACHOTTERIES ONT COÛTÉ LA VIE À UN HOMME DE GRANDE VALEUR !

DÉPLOYEZ LES TENTES !!! ON PASSE LA NUIT ICI !
JE TE CONSEILLE DE TOUT ME DIRE, ANA. À QUAND REMONTE LA DÉCOUVERTE DU CUIVRE ?
LA DOYENNE A RETROUVÉ DES VIEUX PAPIERS D'AVANT LA ROUILLE À LA MAIRIE. LE SUCCÈS D'UNE CONCESSION DANS LA RÉGION. ON S'EST MIS À LA CHERCHER ET ON EST TOMBÉS SUR CE CAMION PLEIN DE PLAQUES DE CUIVRE.
IL Y A UNE MINE !?
ON NE L'A JAMAIS TROUVÉE. AVEC CE QU'IL Y AVAIT DANS LE CAMION, ON AVAIT LARGEMENT ASSEZ DE MÉTAL POUR NOS POINTES DE FLÈCHES, NOS USTENSILES, ET MÊME DE BELLES CLOCHES À NOTRE ÉGLISE...
MAIS MOI, JE M'EN FOUS DU CUIVRE ! JE VEUX JUSTE QU'ON RETROUVE ALEKSY !
PLUS TARD, CONTINUE !
ON SAVAIT QUE LES PLAQUES DE CUIVRE SUSCITERAIENT LA CONVOITISE. ALORS LES HOMMES ONT DÉCIDÉ DE CONSTRUIRE LA FORGE ICI, À L'ÉCART DES ROUTES.
MAIS LES FONGES N'ONT PAS VU ÇA D'UN BON ŒIL. ILS ONT ATTAQUÉ. NOUS SOMMES PARVENUS À LES REPOUSSER UNE PREMIÈRE FOIS. C'EST POUR ÇA QU'ON A FORTIFIÉ LE CAMP.
CE SONT EUX QUI ONT CAPTURÉ VOS HOMMES ?

ÇA M'ÉTONNERAIT. JE N'AI PAS VU DE TRACES DE LUTTE. LE CAMP SEMBLE AVOIR ÉTÉ PUREMENT ET SIMPLEMENT ABANDONNÉ.
JE FAISAIS PARTIE DU CONVOI DU MARDI. QUAND NOUS SOMMES ARRIVÉS POUR RAMENER LE CUIVRE, IL N'Y AVAIT PLUS PERSONNE. PAS DE BLESSÉS, PAS DE SANG, RIEN.
C'EST LÀ QU'ON S'EST FAIT ATTAQUER PAR LES FONGES. ON A PU S'ENFUIR, MAIS PAS LA PAUVRE AMÉLIA...
BIEN. DEMAIN MATIN, NOUS CHARGERONS TOUT LE CUIVRE QU'IL NOUS SERA POSSIBLE DE TRANSPORTER. PUIS NOUS METTRONS LE CAP SUR LE TEMPLE.
ATTENDEZ, MAIS... ET MON... HOMME ?
VOUS DEVIEZ M'AIDER À RETROUVER LES VILLAGEOIS.
PLUS MAINTENANT. HORS DE QUESTION QUE JE METTE EN DANGER LA VIE DE MES HOMMES. LE CUIVRE EST PLUS IMPORTANT. UNE DÉCOUVERTE COMME CELLE-CI ME VAUDRA SANS DOUTE LA PLACE DU LÉGAT.

LES FONGES !!!
COUVREZ-VOUS LE VISAGE ! NE RESPIREZ PAS LES SPORES ! NE LES LAISSEZ PAS TOUCHER VOTRE PEAU !
?!
?!!
BRÛLEZ-LES TOUS !!!

REJOINS-NOUS...
ANA !
NON ! PAS MA JAMBE !!!
AAAAAHHH
METTEZ-LA À L'ÉCART ! VITE ! ET CAUTÉRISEZ LA PLAIE !

ILS FUIENT, PÈRE ABBÉ ! NOUS AVONS VAINCU, GRÂCE AU SEIGNEUR !
TU ES BLESSÉ...
VIENS LÀ, MON BEAU. JE VAIS TE SOIGN...
WHACK !!

TU NE NOUS ES PLUS UTILE, CONVOYEUR. NOUS REPARTIRONS AU MATIN, MAIS POUR TOI, C'EST LA FIN DE LA ROUTE.
QUANT À EUX, ÇA FAIT DES SEMAINES QU'ILS NOUS TANNENT POUR AVOIR DE LA CHAIR HUMAINE. TON SACRIFICE REND TOUT LE MONDE HEUREUX FINALEMENT.
DONNEZ-LE EN PÂTURE AUX CANNIBALES, JETEZ-LE DANS LEUR CAGE ! RIEN DE TEL QUE LE SPECTACLE DE LA BARBARIE POUR NOUS RAPPELER L'ABSOLUE NÉCESSITÉ DE NOTRE COMBAT POUR RESTER HUMAINS !
AAAAAAAAAAHH

AAAAAAHH
!?
AAAAHH
RÉVEILLÉ, CONVOYEUR ?
QU'EST-CE QU'IL A ? LE MANQUE DE VIANDE A FINI PAR LE RENDRE FOU ? POURQUOI... NE PAS M'AVOIR MANGÉ ?
NOUS MANGEONS NOS ENNEMIS, NOUS NE SOMMES PAS DES BÊTES ASSOIFFÉES DE SANG. CES RELIGIEUX NE COMPRENNENT RIEN À NOTRE CULTURE. MAALAR SOUFFRE ET JE NE SAIS PAS POURQUOI.
OÙ SONT LES INCINÉRATEURS ?
AUCUNE IDÉE. ILS ONT TOUT ABANDONNÉ, MÊME LEUR ÉQUIPEMENT, AVANT DE COURIR VERS LA FORÊT. ET MAALAR A COMMENCÉ À HURLER.
"CONVOYEUR"... TOUT LE MONDE T'APPELLE COMME ÇA... TU N'AS PAS UN VRAI NOM ? UN PRÉNOM PEUT-ÊTRE ?
J'EN AI EU UN, IL Y A LONGTEMPS. IL Y A QUELQUE CHOSE DANS L'AIR... JE LE SENS...
SNIF
SNIF
DES SPORES ?!

NON, C'EST AUTRE CHOSE... UNE SENSATION LOINTAINE DE DÉSIR... LE GOÛT DU MUSC... ÇA VIENT DE LA FORÊT.
IL NE RESTE QUE LES EUNUQUES... LES AUTRES HOMMES ONT ÉTÉ APPELÉS PAR CETTE ODEUR !
MAALAR, OÙ VAS-TU !?!
C'EST MA PISTE ! IL ME CONDUIRA AUX AUTRES !
MAALAR ! REVIENS !!!
NE ME LAISSEZ PAS TOUTE SEULE...

J'AI PERDU LA TRACE DE MAALAR.
L'ODEUR EST DE PLUS EN PLUS FORTE. DES PHÉROMONES SI PUISSANTES...
LA MINE !
ÇA VIENT D'ICI.

LES HOMMES
DU VILLAGE ?
TOI... POURQUOI
N'AS-TU PAS SUIVI
LES AUTRES ?
ET TOI... QUI
ES-TU ?

C'ÉTAIT IL Y A VINGT ANS, PRESQUE JOUR POUR JOUR.
ÇA VA ÊTRE UN MONSTRE ! ON NE FAIT PLUS QUE DES MONSTRES !
ANA, RESPIRE ! ET POUSSE ! NE PENSE À RIEN D'AUTRE ! LE VOILÀ ! LE BÉBÉ ARRIVE !!
TOUT VA BIEN, IL EST VIVANT, IL EST MAGNIFIQUE, IL EST...
AH!!
QUOI ? QU'EST-CE QUI SE PASSE ?!
RIEN... TOUT VA BIEN... ÇA VA ALLER, ANA...
NON NON NON
NOOOOON
JE L'AI APPELÉE NYMPHE. JE L'AI ACCEPTÉE COMME MA FILLE, J'ESPÉRAIS QU'ELLE DEVIENNE UN JOLI PAPILLON... QUELQUE CHOSE DE BEAU...
D'AILLEURS, NYMPHE A TOUJOURS EU DU SUCCÈS AUPRÈS DES GARÇONS. C'EST IDIOT, MAIS ÇA ME RENDAIT HEUREUSE...
J'ARRÊTE PAS DE PENSER À TOI... J'AI CHERCHÉ UN CADEAU À T'OFFRIR...
TU ES GENTIL.

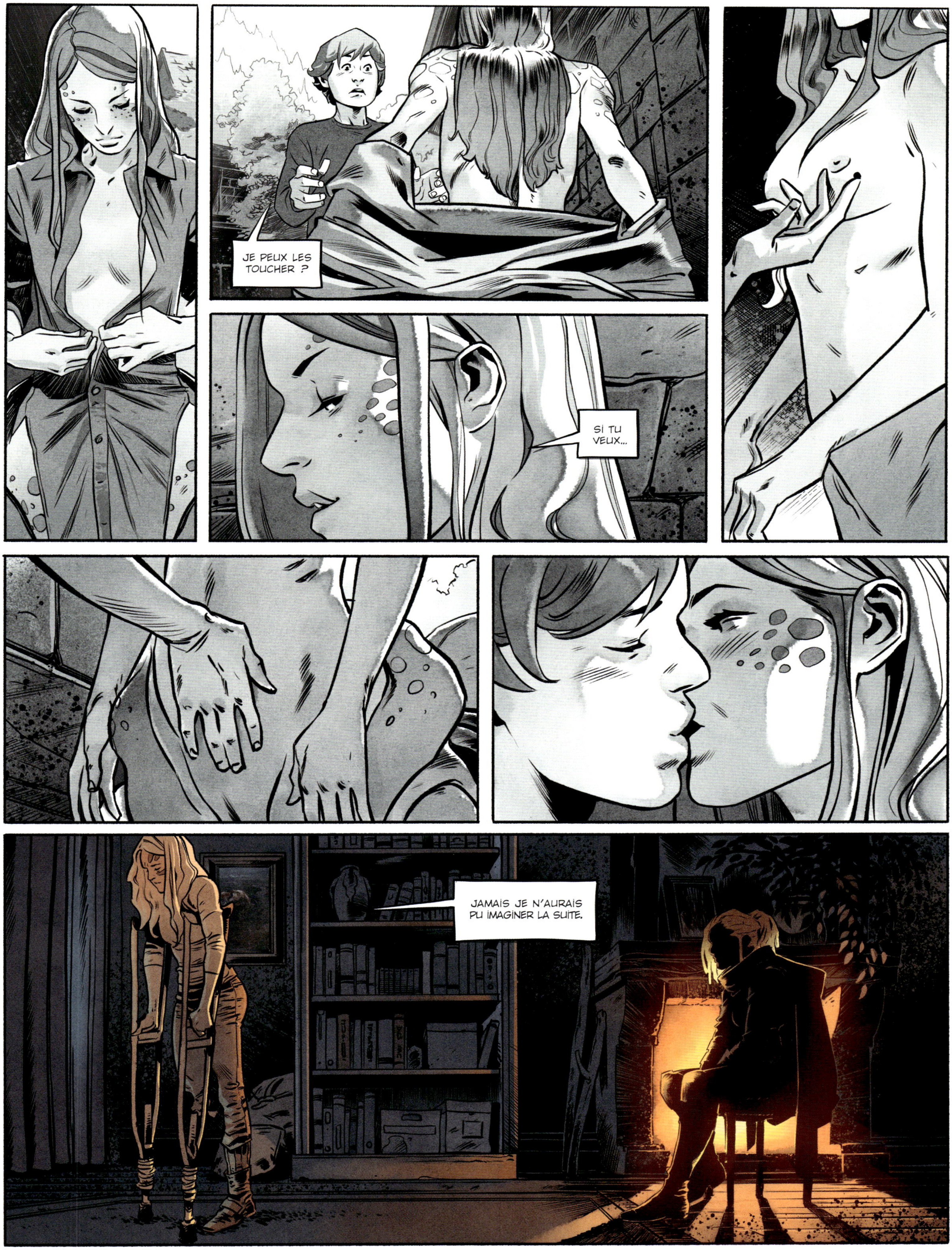
JE PEUX LES TOUCHER ?
SI TU VEUX...
JAMAIS JE N'AURAIS PU IMAGINER LA SUITE.

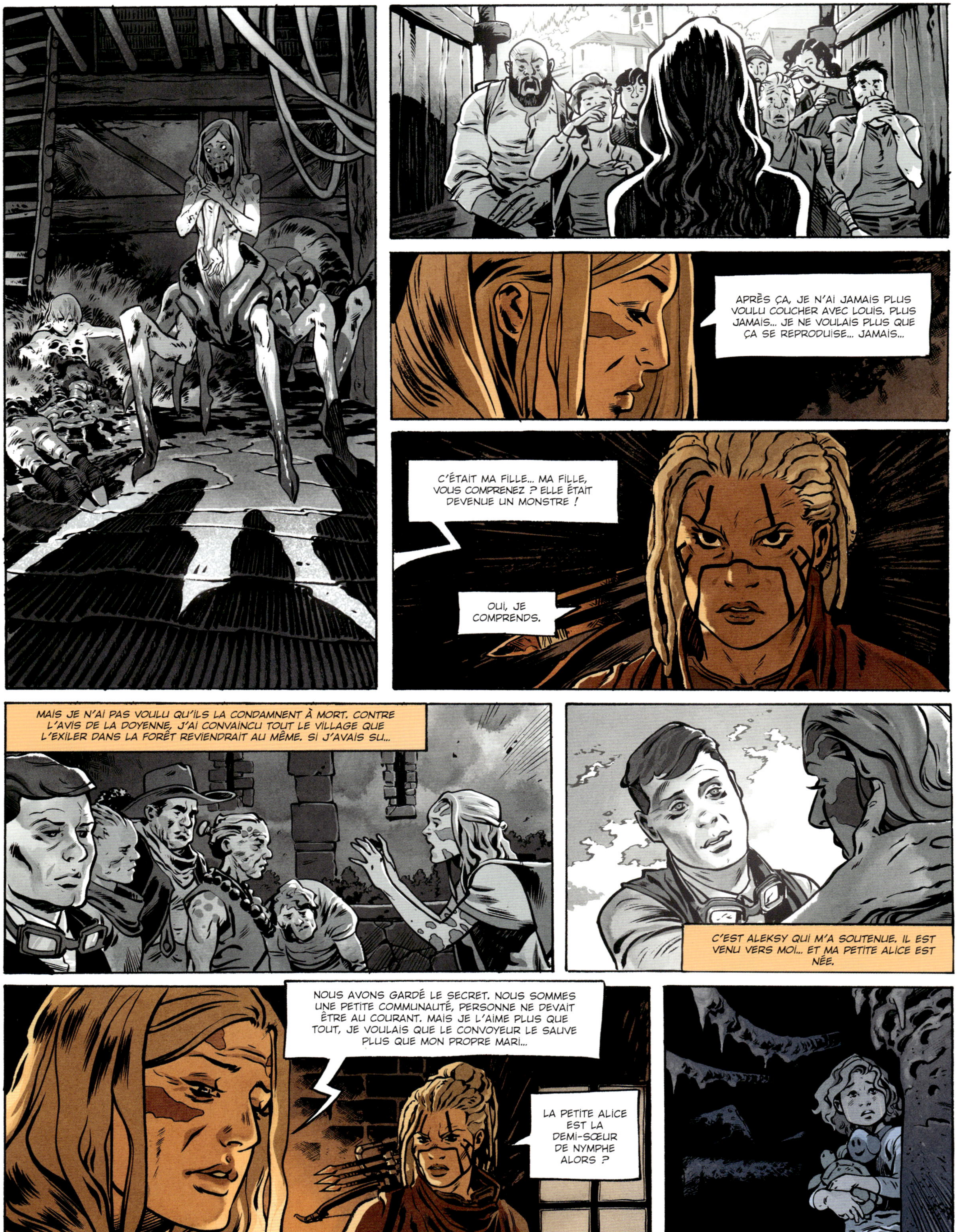
APRÈS ÇA, JE N'AI JAMAIS PLUS VOULU COUCHER AVEC LOUIS. PLUS JAMAIS... JE NE VOULAIS PLUS QUE ÇA SE REPRODUISE... JAMAIS...
C'ÉTAIT MA FILLE... MA FILLE, VOUS COMPRENEZ ? ELLE ÉTAIT DEVENUE UN MONSTRE !
OUI, JE COMPRENDS.
MAIS JE N'AI PAS VOULU QU'ILS LA CONDAMNENT À MORT. CONTRE L'AVIS DE LA DOYENNE, J'AI CONVAINCU TOUT LE VILLAGE QUE L'EXILER DANS LA FORÊT REVIENDRAIT AU MÊME. SI J'AVAIS SU...
C'EST ALEKSY QUI M'A SOUTENUE. IL EST VENU VERS MOI... ET MA PETITE ALICE EST NÉE.
NOUS AVONS GARDÉ LE SECRET. NOUS SOMMES UNE PETITE COMMUNAUTÉ, PERSONNE NE DEVAIT ÊTRE AU COURANT. MAIS JE L'AIME PLUS QUE TOUT, JE VOULAIS QUE LE CONVOYEUR LE SAUVE PLUS QUE MON PROPRE MARI...
LA PETITE ALICE EST LA DEMI-SŒUR DE NYMPHE ALORS ?

J'AI TOUJOURS ATTIRÉ LES HOMMES. ET LES HOMMES M'ONT TOUJOURS AIMÉE EN RETOUR.
JE DOIS LES RAMENER CHEZ EUX. J'AI DONNÉ MA PAROLE.
ILS SONT À MOI.
TU VOIS ?
MAIS TOI, TU RÉSISTES À MES PHÉROMONES. TU NE M'INTÉRESSES PAS. PARS, AVANT QUE JE COMMENCE À AVOIR FAIM.

J'AI FAIT LE SERMENT DE RAMENER CES HOMMES. SI TU T'Y OPPOSES, JE DEVRAI T'ÉLIMINER.
POUR QUI TE PRENDS-TU, IMBÉCILE ? TU ES SEUL, ET NOUS SOMMES SI NOMBREUX.
NE LE LAISSEZ PAS M'APPROCHER !
DANGER
PROTÉGEZ VOTRE REINE !!!

POUR LA REINE!

NON ! POUR MES ENFANTS QUE T'AS LAISSÉS CREVER DE FAIM, FUMIER !
PAS LUI... S'IL TE PLAÎT, CONVOYEUR, PAS MON MAALAR.
TA FORCE... TA CHALEUR... TU ME PLAIS.
SENS MON DÉSIR... NE ME RÉSISTE PAS CETTE FOIS...

TOUT DOUX... APPROCHE... JE SUIS CELLE QUE TU ATTENDAIS.
TU ES PARFAITE. UNE MERVEILLE DE LA CRÉATION.
ET TOI, TU ES TELLEMENT PLUS QUE TOUS LES AUTRES, JE LE VOIS MAINTENANT.
TON DOS... IL EST BRÛLANT ET... OHHH... NOUS SOMMES SI SEMBLABLES... TOI ET MOI... ÇA POURRAIT DURER TOUJOURS !
SERRE-MOI... CARESSE MON CORPS...

... POUR... QUOI ?...
J'AI FAIT UNE PROMESSE AUX FEMMES DE TON VILLAGE. MA PAROLE EST MA LOI.
TU NE L'AS PAS LOUPÉE.
TOI NON PLUS. BON APPÉTIT.

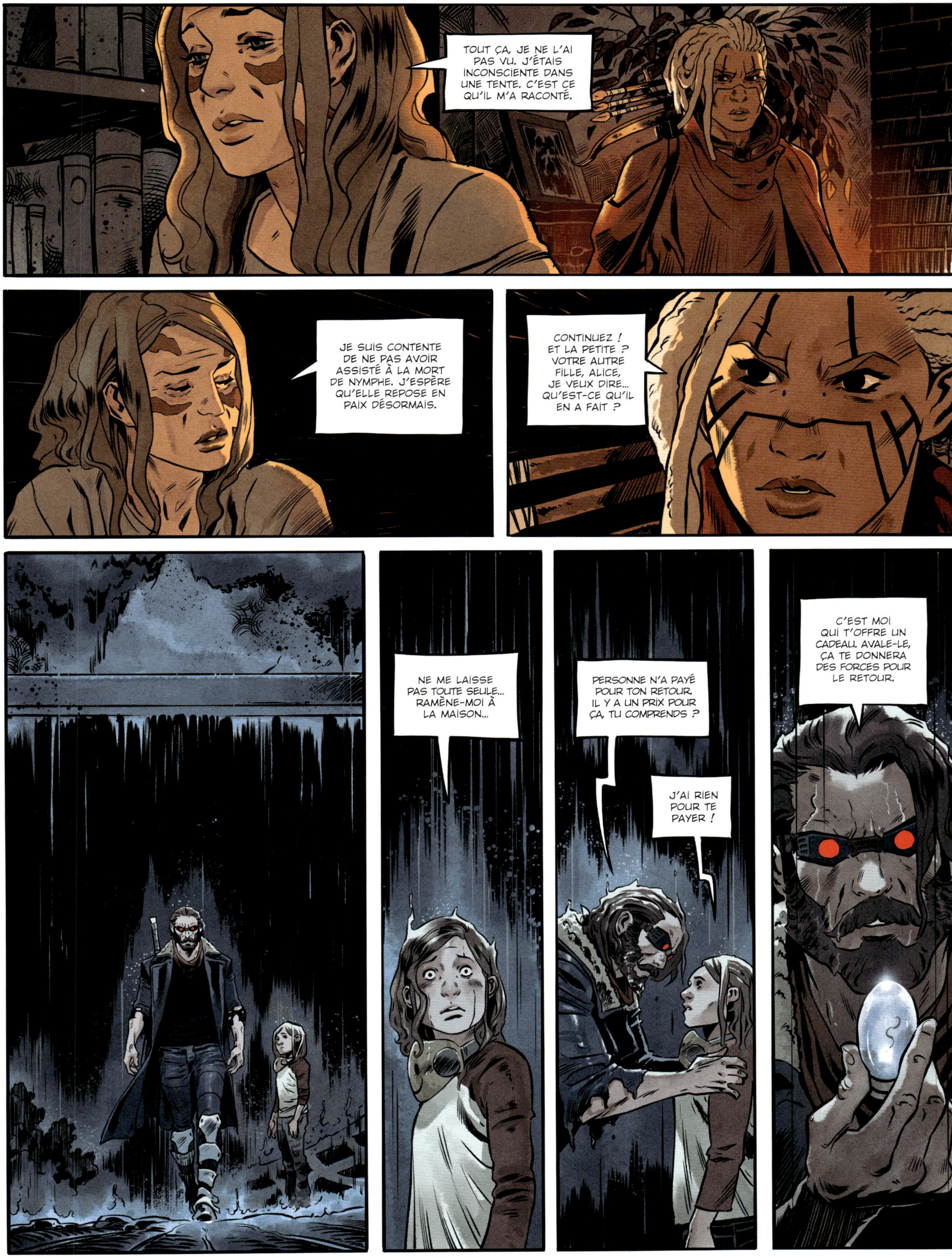
TOUT ÇA, JE NE L'AI PAS VU. J'ÉTAIS INCONSCIENTE DANS UNE TENTE. C'EST CE QU'IL M'A RACONTÉ.
JE SUIS CONTENTE DE NE PAS AVOIR ASSISTÉ À LA MORT DE NYMPHE. J'ESPÈRE QU'ELLE REPOSE EN PAIX DÉSORMAIS.
CONTINUEZ ! ET LA PETITE ? VOTRE AUTRE FILLE, ALICE, JE VEUX DIRE... QU'EST-CE QU'IL EN A FAIT ?
NE ME LAISSE PAS TOUTE SEULE... RAMÈNE-MOI À LA MAISON...
PERSONNE N'A PAYÉ POUR TON RETOUR. IL Y A UN PRIX POUR ÇA, TU COMPRENDS ?
J'AI RIEN POUR TE PAYER !
C'EST MOI QUI T'OFFRE UN CADEAU. AVALE-LE, ÇA TE DONNERA DES FORCES POUR LE RETOUR.

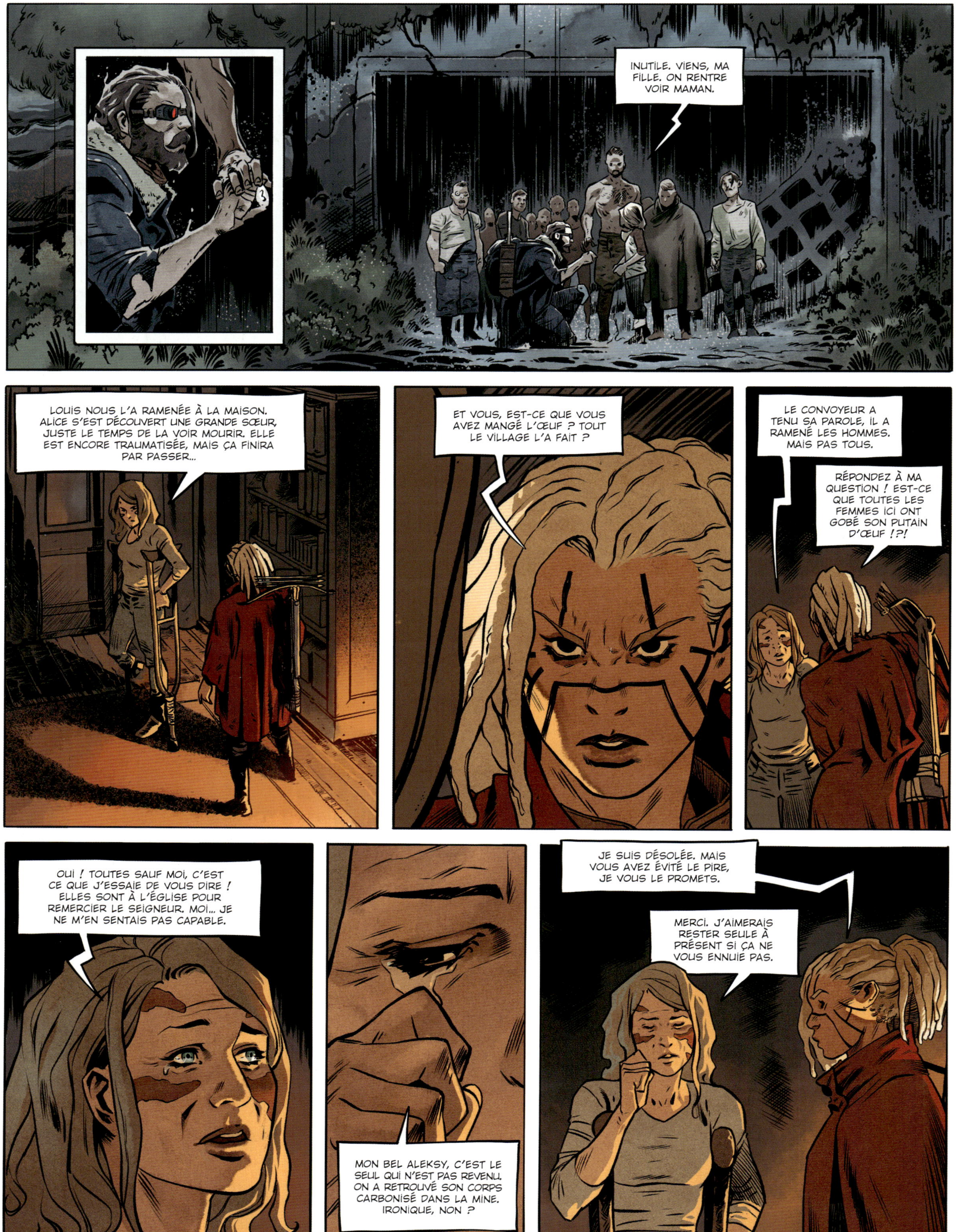
INUTILE. VIENS, MA FILLE. ON RENTRE VOIR MAMAN.
LOUIS NOUS L'A RAMENÉE À LA MAISON. ALICE S'EST DÉCOUVERT UNE GRANDE SŒUR, JUSTE LE TEMPS DE LA VOIR MOURIR. ELLE EST ENCORE TRAUMATISÉE, MAIS ÇA FINIRA PAR PASSER...
ET VOUS, EST-CE QUE VOUS AVEZ MANGÉ L'ŒUF ? TOUT LE VILLAGE L'A FAIT ?
LE CONVOYEUR A TENU SA PAROLE, IL A RAMENÉ LES HOMMES. MAIS PAS TOUS.
RÉPONDEZ À MA QUESTION ! EST-CE QUE TOUTES LES FEMMES ICI ONT GOBÉ SON PUTAIN D'ŒUF !?!
OUI ! TOUTES SAUF MOI, C'EST CE QUE J'ESSAIE DE VOUS DIRE ! ELLES SONT À L'ÉGLISE POUR REMERCIER LE SEIGNEUR. MOI... JE NE M'EN SENTAIS PAS CAPABLE.
MON BEL ALEKSY, C'EST LE SEUL QUI N'EST PAS REVENU. ON A RETROUVÉ SON CORPS CARBONISÉ DANS LA MINE. IRONIQUE, NON ?
JE SUIS DÉSOLÉE. MAIS VOUS AVEZ ÉVITÉ LE PIRE, JE VOUS LE PROMETS.
MERCI. J'AIMERAIS RESTER SEULE À PRÉSENT SI ÇA NE VOUS ENNUIE PAS.

PRENDS BIEN SOIN DE TA MAMAN. PRENEZ BIEN SOIN DE VOUS DEUX, D'ACCORD ? ET QUITTEZ CET ENDROIT.
CHLING
AAH
NON
PITIÉ